パールグレイの
瞑想

Okada Kinuyo
岡田衣代

ユニヴェール14
書肆侃侃房

パールグレイの瞑想＊目次

装画　いわがみ綾子

パールグレイの瞑想

春天来了

口笛が呼んでいるからうす青い朝露くらいに光ってあげる

コカ・コーラの缶のへこみにきざしくる感覚今日も尖っているか

弥生《いやおい》はなんか不機嫌紙切れに吹き飛ばされてみんな散りゆく

《くうはく》のせんたくもある。　いまはただくじらとなってただよいあそぶ

春天来了《チュンティエンライラ》春が来たよという声がぽりんと降ってくるのを待つの

いま少しわたしはここにいるだろう芽吹きしずかなしずかななずな

風抜きの春のノイズは酸っぱいねふいにトンボになりたくなった

噴水がときおりぴゅうと反応す（ほんしんなんてとてもいえない）

「そうだったねえ」昔話はとめどなく今宵のわたしはよく燃える薪

こいしい

愛ひとつ生まれんとして蠢ける名残りの雪はもも色に降る

雪どけのセリフを聴いているだけで内なるイルカはどこか空しい

めがねにも小さな詩集が映りいていま春風はここより発たん

噎せかえる胸の…それはもう、騒めく春の芽生えだと風はささやく

花の香の降る日は遠き青春の岸辺から寄せる密かなる愛

こいしいと唇《くち》にのせたら恋しさはカシューナッツのように曲がって

わたしだけが知っている命の核よりも強き真綿のそれを抱く

カラフルな春のノイズに絡まれてうたうしかない一本の樫

ことばという音符はじけるそのあたり愛など落ちていないでしょうか

「革新を思はぬ程なら」を握りしめ言葉の祭りの中ほどに立つ

新しき波

玲瓏とひびきあう会の光だった。　あの論法の鋭かったこと

「荷車に春の」　と続くを口ずさみアメリカ草の明るさにいた

そうだ、あの光に打たれたのだ新しき波ざんぶざんぶと浴びて

あの波をもろにかぶれば感じとる不思議な音色なんです。お・わ・り

跳びたかった　もっと遠くへもっと高くへ光を求める小鳥のように

多分そう、　これもレプリカなんだから風を入れよう新しき風

洗脳は光のように軽やかに叱っ叱っ叱っとやってきたのだ

C♯m ってずっと歌ってみたかったのだ　ながいながい夜明けのスキャット

オラクルのような宣言握りしめ光の祭りのただ中にいた

なんにも見えぬ

パスワード verse と打てばほのぼのと茨の先に広がる朝焼け

これもまた短歌なんです「　　　　　」律儀な人にはなんにも見えぬ

韻律にはまった頃のわたしたち山桃だったね　そう！　山桃だった

雲ばかり食らっていた春　たましいの欠けたる部分を重ねあわせて

足もとから酸っぱくなるから話してよ　（（（（名豈文章著《なはあにぶんしようもてあらわれんや》））））

病葉のように言葉は蝕んでうたってもうたっても荒れ野だ
混沌よ、たとえばそれは居酒屋のもつ煮の中に滾りいるもの
☆か★だったかわからぬがわれらは見たのだ迦陵頻伽を

またしてもよまい言ではあるまいな　預流果・一来果・不還果・阿羅漢果

さざなみの中で

花々を上手に咲かせぬ木もあって今日は曇天ときどき空耳

錆ついた螺旋階段かけのぼり潮騒を呼ぶポーズで立てり

さざなみの中で眠っているような朝にはスグリのジャムが似合うよ

一握りの意志つらぬかんとするときに私は緋色のこだまを放つ

ひとことが光でしたね　胸元のレモンマーマレードがきらきらきらきら

二の腕をさらせばわたし風になる　青い楓のようにしなるよ

欲しいものはこうして奪う廃屋を一軒呑んでそよぐ蔦の葉

ゆきあいの空のあかるさ私もう怖くなくってよ夕暮れなんか

真夜中に怪しき声を放てるは淋しき鴉　そしてわたくし

キングギドラを待ちながら

天翔るキングギドラを待ちながら今朝も地球をギギギッと迴す

おずおずと心を見せに来る人をついっーと避けた青鷺みたいに

おのこより太い脳漿持つゆえにそこまで走るかおみなの勘は

湖のように澄んでるあの胸にボール爆弾撃ちこんでみる

少しずつ色を変えゆくその様をじっと見ている杯をかざして

直隠《ひたかく》すあの傷口にたっぷりと塗ってみようかピラミッドシーソルト

欲しいのはみなぎる力、この夏のことぶれとして雷鳴を待つ

遠廻しにわたしを責めている海だ　ごらん、あんなにも金波銀波が

一本の棒となるため堕ちてゆくロラメット・デパス・ハルシオン・リスミー
わたしから私が抜け出し見おろせる一人残らず殺《や》った地平を

風の領域

生まれたての風は中国烏龍《ラブサンウーロン》の薫香ふくみ夏が来ている

町中の隙間すきまをふさぐからどんな色でも四葩《よひら》はこわい

下敷きで髪逆立てた夏はるか閃光のようね、あの青い時

本当のことなど話せばたちまちにこの実線から消されてしまう

こんなにも激しい雨など降らすのに雲にはないな棘っていうもの

ストローの先がレモンと遊ぶからまだ切り札は出されていない

ここからは風の領域　したたかに駆けてみようか蹄ならして

溶解度こえればそこは水色でふうっと呼吸が出来る気がした

視線の先はこんな明るさゆるやかな楽のむこうのラクリマクリスティー

雲でも食べに

イルカでも降って来ぬかと思ったにつうんと空しい真昼間なり

心地よく白身にいつも庇われて夢みる黄身よ　殻割ってやる

ポップコーンが爆ぜたばかりに相容れぬ空しさなんぞが胸に息づく

あの日々の壜はたしかに泣いていたモランディのようなわたしのような

縋るべきものなどとうに捨て去った気分　雲でも食べに行こうか

わたくしの体がパウダースノーなら風が分解してくれるのに

幸せのいく通りもの壊し方確認したのちまた突き崩す

トウロウバナ・カミソリバナ・シビトバナ　厄介なれどまた狂い咲く

ピーターパンシンドロームと呼ばれたる時代が甘嚙みしたる末路よ

ポケットに孤独をひとつしのばせてゆっくり錆びてゆきたい私

たしかに切れる貌をしていた河だった、　人間の粒とびとびに浮く

踏ん付けたズックの踵のような日だ、夕闇なんか蹴散らしてゆく

手鏡にぬっと入り込む月が言う「なんとおろかに老いたなお前」

曲がり角

こんなふうに黒猫がよぎることもあるいつも空っぽなわたしという部屋

新しいページを開く勇気ひとつ林檎食むごとわれにくれぬか

菴羅《あんら》ひとつ透かしてみればほの暗き内にアジアの少女笑みいる

冬という色の乏しき端末にアスタリスクの華を降らせる

パーレンとして封じ込まれたこの家を突き破らんと身構えている

さまざまな形の墻にぬめぬめと不穏なものが突っ立って、冬
しらじらとスクリーンセーバーに花は散りあなたの揺れる黄昏の窓
尖った季節はわたしの曲がり角、風花のようデジャビュが降るよ

真一文字にルージュをひけば唇は他人の思惟を持ちはじめたり

ゆらめけるハートめがけてダーツの矢放てるならば今夜しかない

妣《はは》と跳ぶ

たましいのゆらぎ出るとき見えてくる空を跳びくる妣《かあ》さんの車椅子

余地あれば増殖しゆく妣ありてもう真っ赤なるわたしの視界

地上にはもはや夢など失せゆけば人も車も宙をとびゆく

風に巻かれ歩めばわたし溶けてゆく万の花々ゆらぐその中

球体の内はましろき夢なれば虹の裳裾を引きて妣とぶ

遺された妣の言葉は飛び交いて虹はらみいる煌煌《きらきら》しもよ

しんしんと落ちこみまたもはろばろと飛翔する日のたましいの燦

妣と手をつなげばわたし風となり虹のすきまをくぐって遊ぶ

さよなら三角またきて四角しかくの中で手をふる妣《かあ》さん

夕靄の奥よりひそか来るものをわたし待ってる耳尖らせて

生き死にの意味をつき抜け立つ妣は月下の森のべにてんぐだけ

月の脚じりりと伸びくるその先にひそか変化《へんげ》す石くれの我

がらんどう

０８４０と軽くメールが降ってくる春って感じね、オカリナ吹こう

おさがりのパーツですべて賄ったわたしのからだ、傍若無人

歓声に包まれボールが降って↓↓↓きた　そんな目に遭うそれがわたくし

隣席からアオハルしてるって声がする、あったなあ暴発のあの時

わたしとはいったい誰だ　むらさきの風圧くればしゅわっと消さる

心にもふんわり綿雲浮かぶ日は飛ばし読みするリルケのソネット

生きることすべてが薄氷《うすらい》目を細め踏み出すごとに瓦解するんだ

春はまだ半眼のまま、巧妙に捻り潰しゆく手の速さ　見よ

夕闇までわたしを溶かしにやってくるすべてを消される気にはならない

すでに胸はがらんどうなり　風吹けばざらっざらっと砂塵がうごく

シシリアのパイプ

ゴドーを待ちながら風の中で出会う『旅人かへらず』『Ambarvalia』
韻律が近づいてくる　わたくしを揺さぶり続ける人が微笑む

ページから波がしぶいてくるでしょう手には黄色いことばの鎖が

詩の声って静かなのだよ穏やかに心ふるわせまた寄せてくる

ペルソナを青藍ふかく封じこめ裡なる深さははかり知られず

西脇の背なのまろさよシシリアのパイプをふかしていたのでしょうか

おうと呼べば「おうおう」と応えきらめきを織りなしてくる、ことばはひかり

ひかりとは旋律に似て静けさの極まるかたち　春がきている

（かたい庭・やぶがらし）その隙間からスパークし続ける西脇の眼の
光なすことばの内にくぐもりてこだまのような笑声を聞く

鳥になれそうな日

空白な心の内にしのびよる朝焼けの色　もう好きじゃない

青かえでの下照る道を歩みゆく　もしかしてたましいってこんな色

雲ながる窓辺の椅子に背の割れた少年の日の抜け殻がある

草笛を吹きつつ丘を駆けゆけばこのまま鳥になれそうな日よ

ナイーブな雲と思ったその日から誰の言葉も遠く聞こえた

あじさいの泡立つあたまが揺れていた最後に泣いたのはいつだったろう

したたれるレモンが胸にしみてきて傷があったとようやく気づく

わたしだけがふあんと消えるあの時を思っていたの　こわいよ阿修羅

なぜだろう人の匂いが切なくてすべての窓を放ってしまう

この闇がやさしく包みくれるまで呪縛の中の梟抱きて

めざめ

めざめていた、生かされていた朝の切子硝子のようにわたしまぶしい

あの声はあなたでしたか濃密な闇をつらぬく切っ先だった

初夏の光のさざなみ受けながらゼリーのグラスにわたしは満ちる

ミントガム、バトンのように受けたなら湾岸通りを走るしかない

酸漿をぐずっと鳴らせばあらわれる白いカイトが永遠に舞う

どこからかこそっと逃げ来たネジの子よ、なぞなぞなんぞを仕掛けてくるな

触れられぬものはどうして美しい　青い光をひりりと放って

手に入らぬものはどうして美しい　水月《すいがつ》観音ふくみ笑いす

祈りなのだ、　蜻蛉が羽あわすときキャラメルの紙で鶴を折るとき

苦しさの砂金をほろろこぼす日はどこかが裂けているのでしょうか

蟬しぐれ

何もかも押しのけてやってくる夏に向かって打つよひとつ白球

行き違う刹那にスパークするわれはいかなる風を待っているのか

箱庭の中は野放図みんなみんな互い違いの空を見ていた

プルタブを一気に抜けば空中に飛び散る悲鳴を聞いた気がした

鳳仙花苦しくないか、そんなにも怒りを空《くう》にはじきとばして

浅緑の窓を開けたら壁だった偽装都市空間に蟬しぐれ

騒ぎすぎた夏のひかりを矯めておく甕になろうか横座りして

どのように生きるかなんてもうよそう風には廻らぬ矢車の花

画面にはザトウクジラがダイブするそう！　あれも哀しみのかたちね

バッサバッサ枝払いゆく木々のよう（もう潮時だろう）夕闇せまる

雨の矢を射よ祈り続けてゆくほかなきひとつの選択として

真っ赤なもの

秋霧の低くたなびくあのあたり躁のくらげが潜んでいないか

サボテンのふりして見てるの日常がフィクションみたいに変わるところを

オブラートふあんと浮かせた秋の空　あの方向からミサイルは来る

新聞の分厚き手ごたえ昨日とはこんなに確かなものであるのか

鵙の声、ボール打つ音、大歓声、しのび近づく自爆者の影

現実と信じた夢から覚めたのち、　いちにのさんで大鉈ふるう

国家とはあるいは裂けてゆく柘榴真っ赤なものがぞろり見えくる

（電磁パルス攻撃）　なんていう遊び点滅させつつビル街に入る

混沌は象の頭の中にある弾道学がずれてゆく夜

あんかるなしおん

ばらばらのパーツのわれを嵌めこんで今朝もめざめた遙けき国から

一角獣ひょいとあらわるあのあたりスフマートしようかグリーングリーンに

陽を背負い無言つらぬく嘴太よ、淋しかったら降りてこないか

うしろからこの空しさをうつしたりふたひらの耳うす明かりして

節穴に指を入れたら抜け出せぬ、そんなたぐいの嗤いを放つ

目の前を鈍痛のようなもの走りわたしの小窓もふあんと暗む

傷口のそれは聖域ふれたならとくべつ蒼い火が見えそうで

わたくしを捉えたいならもも色の耳という耳そよがせて来い

メタファーでもなく痛みでもなく漠然とただそよぎいる蔦の褐色

不意に来るあんかるなしおん　かなしみのベールがふうっと締めつけてくる

風花を待つ

野葡萄の珠実のように粒粒と光っているんだ　おはよう未来

鞦韆の揺れにあわせてわたしたちどんな話をしてたのだっけ

裏街に空ろな影が行き交うとふっと見えくる秋の面差し

吠えているジャングルジムの天辺で世界を変えてみたくってさ

噴水の怒りに肩を打たせつつ再起動せよロックのリズム

目の赤いあの怪獣でも抱こうか　ＦＲＰの腕を撓らせ

没法子《メーファーズ》って繰り返しつつこの冬の発語としての風花を待つ

公園にもう誰の声も聞こえずコギト・エルゴ・スム秋風に揺る

角砂糖の隙間すきまのけぶりいて北国ははや雪降るけはい

春は小寒い

不意に来た雨に掌かざしつつ人は駆け行くくの字になって

はじめから決まってたような負け戦　廂からのぞく桜きれいね

いま少しこの場で咲いていてもいいですかフェンスの影がわたし舐めゆく

路線図に桜なんぞが舞い来ればエルドラドにも行ける気がする

どうしても摑めなかった春風の羽根のようなるそのひとり言

花の雨降りたる下でえ・い・え・んと誓いしことも束の間に消ゆ

いくつかの受難の季節を経し椅子よ眩しいだろうなあ、春ってやつは

光刺すフルーツジュレに棹さして君の話に寄り添いて漕ぐ

これ以上踏み込むことはないけれど「マジ」っていう口のかたちが好きだ

びっくり箱あけたみたいな顔してら心と心がすれ違った時

淋しさは棒わたしの体つらぬいてガチャピンみたいな顔して立つの

玉ねぎを切りつつ涙ぐむくらいしかなくってよ　春は小寒い

あとはもう散ってゆくだけ、飲みかけの茉莉春毫《モーリーチュンハオ》なんか毛羽立つ

根なし草

降りかかる雨は白桃烏龍《ハクトウウーロン》の薫りを含み梅雨がきている

風の意のままに翻弄されている根なしの草は孤独に強い

なめらかに昨日と今日は繋がれど壁で目を剥くシャガールの鶏

どこへいってもジェットストリームだった　たしかに貘にでもなるしかないな

こんなにも偶発誤差を招く日もおかまいなしに雷雲せまる

執拗な怒りにもえる端末をランチョンマットの上に飾りぬ

すぐそばに蠍もどきがいるらしい風くれば肌ピリピリとせり

嗤うよりほかになき生　なすがまま剝かれゆくだけの桃であるのか

人ごとのように生きてる貘だけどお天道さまはいつも微笑む

うつむいてつくり笑いを終えてゆくカルミアの花がやけに明るい

夕映えに荘厳されるビル窓よ（もういいからわたしを砕け）

むむむむむって

★に打ちのめされていたんだぁ　夜明けなんぞを夢みたばかりに

○書いてゝゝつければ貌になる、そうか辛いかわれという窓

パロールでも降って来ぬかと見上げてもすっからかんの秋の空です

あっそれも□《タブラ・ラサ》なんです。目を剥いて見つめていても摑めぬ詩意の

（どのくらい積んだらそれが摑めるの）ってのどかな声が…どうしようもない

そうさなあ　むむむむむむっていう感じ、そのうち桃になるのを待つさ

おまえにとって提婆達多なんだなぁ…それは。ちくりちくりと朔風が過ぐ

（悠々とまたも舞うのさ）恐れてはならぬと笑んだ藤富保男

萎萎萎萎萎萎萎萎萎萎萎萎　美しい結末なんてあるのでしょうか
むむむむと生まれきしゆえ一生は夢死のようなる空《くう》のようなる

迷走の雲

自傷めく傷から視線あげるとき迷走の雲ひた走りゆく

板子一枚下は、　の人が増えすぎて日々はいくつも罅を生みだす

人を嵌め人を蹴落とすためにある穴ぼこふえて秋深みゆく

汚泥また汚水がたっぷり消えたがる命のラインが火を噴いている

意味もなく暴力的に揺れている爆ぜた柘榴よ　たまらないんだ

ゆるやかに勾配つけて下りくるものが怒りに変わりゆくまで

内側のどこかが破れているのだろう摩っても摩ってもざらつくだけだ

それなりに苦しんだのだ。いま見ればほんにちっちゃな穴であったが

死ねなかった人を思って見おろせる欅が軽々葉を落としゆく

反照の窓は街へと放たれて痛みに似たる響動は走る

post card

恐れ入りますが、
切手をお貼り
ください

810-0041

福岡市中央区大名2-8-18
天神パークビル501
システムクリエート(有)内

書肆侃侃房 行

□ご意見・ご感想などございましたらお願いします。

※書肆侃侃房のホームページやチラシ、帯などでご紹介させていただくことがあります。
不可の場合は、こちらにチェックをお願いします。→□　※実名は使用しません。

書肆侃侃房　http://www.kankanbou.com　info@kankanbou.com

■愛読者カード

このはがきを当社への通信あるいは当社発刊本のご注文にご利用ください。

□ご購入いただいた本のタイトルは？

□お買い上げ書店またはネット書店

□本書をどこでお知りになりましたか？

01書店で見て　02ネット書店で見て　03書肆侃侃房のホームページで
04著者のすすめ　05知人のすすめ　06新聞を見て（　　　　新聞）
07テレビを見て（　　　　）　08ラジオを聞いて（　　　　）
09雑誌を見て（　　　　）　10その他（　　　　）

フリガナ
お名前
男・女

ご住所　〒

TEL（　　）　FAX（　　）

ご職業　年齢　歳

□注文申込書

このはがきでご注文いただいた方は、**送料をサービス**させていただきます。
※本の代金のお支払いは、郵便振替用紙を同封しますので、本の到着後1週間以内にお振込みください。
銀行振込みも可能です。

本のタイトル	冊
本のタイトル	冊
本のタイトル	冊

合計冊数　冊

ありがとうございました。ご記入いただいた情報は、ご注文本の発送に限り利用させていただきます。

冬の陽きらら

奇瑞など起きない部屋と知ってるが主旋律の冬を呼び込む

人ひとり暮らしてみればうっすらとたまる綿毛の淋しくもあるか

両の手で鰻を摑んだ気持ちなのやらずの雨がやみそうにない

浮かんだり沈んだりして溜息のくれないの霧あなたに放つ

仄白きもやしのしっぽを取りながら呟く言葉の遊びせつない

あたまにも冬の光は差し込めど些細なことが思い出せない

焼け焦げた穴のようだな、もうそこに何を注いだってどうしようもない

貼られたるポスター――の中に死者もいてうすき目をして笑っていたよ

しょうもない話をしつつ運命の岐路のがしゆく冬の陽きらら

いつからか木となりまして紅の葉をうまく散らせず突っ立っている

かたくなな棒であったか仰ぎみる今宵の月はなんか冷ややか

疵という穴

わたしから溢れいでたる私が疵という火を誘いだしたり
疵という穴がほかりと口あけてすべてを呑まんと身構えている

圧しくる言葉の力のその下に黒黴のごときわれらなり

春風にルルルルルルが交じりくる　もう始まっているのね、うふふ

鬱憤を胸に溜めこみいつだって心はよるべない琴である

心にはあなたをはかる穴があり嵌めてあるのよ七色ガラス

末《す》枯《が》れゆく詩のように睦みあった日よそれも愛だと初めて知った

口角をぎゅっと歪めてものをいう深部に眠る愛にも気づかず

言葉から瞬時遅れて白き息吐きつつ言うよ、何度でも言うよ

お前もまた淋しかったのだ崩れゆく兆しを知ってしまったゆえに

木星の輪のような空しさを抱き今日も日暮れた壜一つ蹴る

背後より差しこんでくる夕影がエンドロールのように過ぎゆく
生々と独我論あり、その穴がしめつけてくる夜がまたくる

この指とまれ

花蕊からこぼれるように目覚めたりああ誰の指笛だったろう

うっすらとめざめた春のまなざしが細く開けたるドアを行き来す

白雲が眩しい朝はあなたにも芽吹きのような手紙が届く

るるるると羊の雲が集いくる人差し指は春の灯台

尖塔から見下ろす街よ、春はまだパールグレイの瞑想の中

青年の空をのぞけばレモン色の雲がウインク返してくれた

空っぽの鳥籠揺らし陽は招くわれに荒野は続いているか

陰鬱な雲が小首をかしげつつブルーフィルムを覗いているよ

春の野をさ迷いゆけば見つけそうこれが命と感じるものを

犬のふぐりごろんと花咲く淋しさの極まりとして沈黙がある

蟻の上に涙なんぞを落としつつ溺れる蟻はわたしのようだ

この靴は道なき道を行きたがる生きる世界を広げるように

羽根つきの帽子は心を強くする挑みたい人この指とまれ

光っている夏

やみくもに明度彩度をあげてゆく七月の川ひかりっぱなし

突っ立って空を指したら行列が出来るこの街、あっ捩じれてる

いつも同じ時間に万歳三唱をするおじさんが光っている公園

日々の努力が水泡に帰するのを見ていましたチュアブルのむ間に

仙人掌のふりしていつも聴いている永久凍土のようなおこごと

ほっときな　黄身餡みたいな人だから潰れているのよベンチの隅で

伏せてある蠅帳の中は浮世風呂ちゃっきちゃっきの会話がおどる

引っぱった朝顔の蔓が摑んでいる隣の家の盗聴マイク

ゲランドの塩

迫りくる秋のノイズは鈍色でいたぶるゲームが始まっている

巧妙な糖衣がけだったんだあれは。御破算で願いましては…の闇

土の上にぶちまかれたる塩だった。どうかわたしを踏まないでほしい

賢いと思っていても抜け作でひょいと空いたる隙間に弱い

わたしからわたしが溢れていったのだ、もう擦り込むなゲランドの塩

荒れ狂うストームのような日々だった、あれは光か信じられるか

野良犬が穴の続きを掘っているいくら掘っても愛は出ないよ

愛さえも救いにならねば投げ捨てて長月からのＱＥＤとする

星宿

あなたとは触れ得ぬ遠さ片耳ばかりに陽は射していて

風よ今、　どうするんだと聞いている梔子のようわれはそよいで

がんじがらめになる前の原っぱでどんな会話をしてたのだろう

『ＴＫＯ《テクニカル・ノックアウト》』を机上に置けば光の束が折れつつ渡る

うちそとは嵐　過ぎ去ってゆくもののけしむらさきのうすら笑い

淋しさがトルソーのように立っているそこより続く沼と思いぬ

玻璃のようなものだったのだ跳ぶために破線から歩み直すほかなく

落葉ほどの軽ろき別れをしてきたのに何だろうこの甘き胸騒ぎ

しばらくは肩を落としているだろう羽ばたく前の形代として

セーターの網目のようにほどけたら違う自分で生きていけるか

ひとりではむなしいけれど寄り添えばもっと空しい冬の星宿

雪ふりしきる

誰からも行方不明になりたくて冬の裏側ぬぬっと歩いた

雪雲のものうく垂れる一月の窓を開ければジュラ紀の匂い

いま生れたような白さで駆けて来い遠き眼をした冬の麒麟よ

すれちがう人と人との隙間から見えないものがときおりそよぐ

いつからか広がりいたる領域のそれは白濁　もう手が出せぬ

抒情など寄せつけもせぬ真っ黒な木通がゆらりと首をもたげる

くらがりにふうっとため息ついている穂すすきおまえは誰を抱きたい

どこまでも天衣無縫な風である。塵のようなるセリフを吐いて

溶明に帰する心よ、開け放つ窓に雪降る雪降りしきる

夕映えはじきにここにもやってくる白きベールを覆うその手が

人間を放り出したき夜がくれば無粋な風とそよぐほかなく

うふふ・うふふ

恐竜がやってきそうな朝の窓開けばふいにＣＱが降る

真剣に見つめないでね、　わたくしが朱欒のうちから揺らぎ出るさま

からだから桃色音符がはじけとぶ光源体はきみかも知れぬ

胸底にたまりやすくて晴れやらぬ霧ってやつにとらわれている

おなかの中でポップコーンが爆ぜるようそんな具合にわたしが痛い

春の陽よ語りかけるな、ペペロミアが斑をふるわせて主張している

そうだ春なのだ、身体の桃色流動体がしきりに動く

草の笛　しっかり嵌めておかないと飛び出しそうなきらきら目玉

思いっきりかじっては駄目よ体じゅうどこも真っ赤な痛点だから

喉元に苦・酸・甘・辛・鹹・淡がつまり詰まってどうしようもない

水の藻はぶざまにからむ美しい収め方などあるのでしょうか

ひなげしが笑いころげて咲く春にうつむき歩く理由などない

へこたれるような私じゃなくってよ　せ・◯《まる》・き・し・しか・◯《まる》は済んだ…の・き

靴下を裏返すように返したら斜線だらけのわたしと出会う

恩寵的《ユーフォリック》な陽射しあまねく受けながらうふふうふふとまた歩き出す

春なのにどこかが苦いそんな日は夕焼け色のからだが欲しい

ロープ

天窓にちぎれ雲など寄ってくる、そうか辛いか日々は酸っぱい

鋭角の空は見飽きた俺たちはビルの隙間の名のある雑草

ころがった化粧箱から漏れてくるくしゃみがひとつ（春が来たんだ）

真っ白な影になりたい　りんと伸びる葱の葉先を今朝もとらえた

なんやかや言いつついつも命がけ　今朝のスムージーは泡までうまい

運勢をちらっと確かめ行く背に呪文をかける（ダヒイナノキツ）

真っ直ぐに歩けどいつも突当る止まれの△《さんかく》　さびしい青だ

鳩の目はなんだか怖い、反逆を秘めてるようなあの眼に似てるね

断ち切れたロープが風にゆれている　何もなかったような貌して
隠してた　ちっちゃな疣が私の変身欲のボタンだってこと
取り縋り私になにかねだっても本性は霧、　ふぁんと消える

黒葡萄を奥歯でぐちゅと噛みつぶし敗れ続ける決断下す

われはもう打ち捨てられたマネキンだ、まなこに時は流れているが

今日もまた他人のたてたあらすじを生きて凸凹道を歩いた

目薬を耳にさされた気分なの　堅っくるしい犀がいっぱい

私はわたしでしかなくてガゼルでも、でも、でもまして奴隷でもない

浮かんだり沈んだりして流れゆく生き抜くというプロットの中

すずかけの大きな葉っぱが降りしきる、突然ですがお話しましょ

ざらっとした感覚がいい丸太ん棒　誘ってきたから座ってあげる

「若さって」と話しかけ、言うほどのことも無かったと思い噎せ込む

ほうらね、自分が一番怖いでしょ。ここぞというときふいに裏切る

立ち直る秘策を探る眼裏は応仁の乱　炎上しきり

哀しみを抑えきれねば打ちなさい　右、左でも、私のでいい

うっかりとウィともらしたこの口が夜になるほど加熱してゆく

バスタブの薔薇の香りの中だけにある安穏に身を浸したい

シャンプーの減った分だけ、えいやっとレモンの気合を入れときました

覚悟から入って行かねば書けないぞ、風にめくれるエンディングノート

声を失うってそんなもんじゃない引き潮があれもこれも攫っていった

術後からよく笑うんだ箸が転ぶ出来事さえもいまの光だ

診察のドアを開けたら落ち武者がぬっと顔だす、そんな日もある

短歌《うた》は声なりこんなもんさと貶してたお前にこんなに救われるなんて

ここで泣いたら二度と立てない気がしてた忘れることさえ才気がいるんだ

寄り添って詠っていたい気持ちなの、平和園までどっちが遅い

足元に小さな螺子が転がってガクッガクッと私がずれる

急いでねってあいつがぐいぐい押してくる。でもね、銀杏があんなにも降る

安らぎを求めて帰る家じゃない、首長竜が待ってるんだもん

暗闇で砂の呪文を吐いている浅蜊はいつかの私のようだ

解説　ただよいあそぶ

加藤治郎

口笛が呼んでいるからうす青い朝露くらいに光ってあげる

コカ・コーラの缶のへこみにきざしくる感覚今日も尖っているか

　《くうはく》のせんたくもある。いまはただくじらとなってただよいあそぶ

春天来了《チュンティエンライラ》春が来たよという声がぽりんと降ってくるのを待つの

いま少しわたしはここにいるだろう芽吹きしずかなしずかななずな

冒頭の「春天来了」から引いた。春の微風を頬に感じて原っぱを歩いている。そんな気分になる。

口笛は、ふー、ひー、ひゅーっと聞こえる。こっちへおいでと呼んでいる。わたしは朝露のように儚い。明け方の淡いひかりを感じる。まだ日が昇る前、朝露はうす青いひかりを宿す。そちらに行くこともできるけれど、ここにいて光ってあげる。ここでいいのです。わたしは、あなたを感じていて、もうみたされている。あなたは遠く光っているわたしが分かる。音とひかりは同じもの。口笛のあなたと朝露のわたしはあわく深くいっしょにいる。

真っ赤なコカ・コーラの缶がある。飲み終ってテーブルに置く。ここにいないあなたの缶は銀いろで悔しくなる。真っ赤な缶を親ゆびでへこます。ゆるやかなへこみをもっと押すと真っ赤な缶は裂けるかもしれない。何かわからないものがやってくる。ここにいないあなたの缶をへこませて亀裂ができるまで力を入れる。

空白は見えない。空白をお見せしましょう。東方の詩人は考えた。空白に宝石《ルビー》を付けることはできる。空白《くうはく》である。いや正しくない。　にくうはくという宝石《ルビー》を付けるのです。別の選択があることを伝えたいのです。くじらとなって遊びましょう。海を漂います。もちろん空を漂うこともできます。　　を漂ってもいいのです。

春は音楽である。わたしがいることはどこなのだろう。ここでは天上からチュン、ティ、エン、ライ、ラと妙なる声が降ってくる。その声は模様となって衣を飾る。わたしは、なずなを見つける。芽吹きは静かな音楽である。もう少しここにいるでしょう。すべてをあなたに捧げる。

「荷車に春の」と続くを口ずさみアメリカ草の明るさにいた
あの波をもろにかぶれば感じとる不思議な音色なんです。お・わ・り
洗脳は光のように軽やかに叱っ叱っ叱っとやってきたのだ
オラクルのような宣言握りしめ光の祭りのただ中にいた

「新しき波」から引いた。直截にニューウェーブからの影響を表明している。岡田衣代の第一歌集『傾ける街』（ながらみ書房）は、一九九八年の刊行である。一行詩から短歌に転じたことが明かされている。一九九二年から一九九七年の作品が収録されている。つまりニューウェーブの時代だったわ

けだ。しかし『傾ける街』にニューウェーブの修辞は見当たらない。そうすると、リアルタイムにニューウェーブを体験しながらそれを内に収めて作歌してきたことが想像できる。

引用した歌は明らかだ。

川ノ方カラフシギナ音ガキコエマストテモ悲シイ音デスヲハリ

西田政史『ストロベリー・カレンダー』

岡田作は、ニューウェーブをもろに被った体験を述べている。それは不思議な音色だったという。本歌の「フシギナ音」を「不思議な音色」と変えて、楽器の存在を暗示している。本歌をソフトにしていることは「お・わ・り」の惚けた感じからも明らかだ。

オラクルのようなゆうばえ沈黙にふさわしきものなきぼくたちに

加藤治郎『ハレアカラ』

岡田作では、ここでも「光の祭りのただ中にいた」という体験と融合させて歌われている。もっともこの祝祭感は岡田だけのものではない。ニューウェーブの空気感だったのである。詩句の引用とコンテキストの引用を併せるというのは、なかなか面白い試みであると言えよう。

たましいのゆらぎ出るとき見えてくる空を跳びくる妣《かあ》さんの車椅子
余地あれば増殖しゆく妣ありてもう真っ赤なるわたしの視界
地上にはもはや夢など失せゆけば人も車も宙をとびゆく
妣と手をつなげばわたし風となり虹のすきまをくぐって遊ぶ
さよなら三角またきて四角しかくの中で手をふる妣《かあ》さん

「妣《はは》と跳ぶ」から引いた。思えば、岡田衣代の第二歌集『終章の夏』（二〇〇一年、ながらみ書房）は、老いた母親の介護を主題にした歌集だった。

月させる坂をころがり逃げゆきし母を捜しに車走らす

こんな歌が収められていた。徘徊する母は月光に照らされている。ころがる姿は無垢で美しい。車を走らせて母を捜すわたしは現実の側にいるのだ。

介護の日々の後、本歌集では自在に歌われている。亡くなった母は空を駆け巡る。妣の車椅子が空を跳ぶとは奇想天外である。現実を突き抜けている。妣は増殖する。空は真っ赤になる。なんということだ。それは悲しみではない。喜びかもしれない。妣の強烈な力に巻き上げられて車も人も宙にある。途轍もない映像に言葉を喪う。介護の歳月の後、妣と私は虹の隙間をくぐって遊ぶ。軽やかな姿である。至福の像と言ってもよい。

おそらく『終章の夏』を読むと「妣と跳ぶ」は、より魅力的な一連となる。そんな歌集から歌集に架けられた橋を想うのである。

おさがりのパーツですべて賄ったわたしのからだ、傍若無人　「がらんどう」

祈りなのだ、蜻蛉が羽あわすときキャラメルの紙で鶴を折るとき　「めざめ」

吠えているジャングルジムの天辺で世界を変えてみたくってさ　「風花を待つ」

ひとりではむなしいけれど寄り添えばもっと空しい冬の星宿　「星宿」

診察のドアを開けたら落ち武者がぬっと顔だす、そんな日もある　「ロープ」

ジャングルジムの天辺で吠えている姿は、キングコングに似ている。楽しい歌に立ち止まる。また歩き出す。歌集を読んでいって、その世界にただよいあそぶことになったらよいと思う。
多くの読者にこの歌集が届くことを願っている。

二〇二〇年四月二十七日

あとがき

本書は『秋の言の葉』に続く、私の第四歌集にあたります。

二〇一二年から二〇二〇年の現在まで、未来短歌会で毎月学ばせていただいた作品の内から、三百五十一首を選び一集と致しました。

また、今回は書肆侃侃房の「ユニヴェール」の一冊として参加させていただくこととなり、大変光栄に思っております。

かって「玲瓏」のシンポジウムの席上で、若き日の加藤治郎氏とお会いしたことがあります。その出会いがなかったならば、言葉の鮮烈な刺激を受けなかったならば、未来短歌会への参加も、この歌集の上梓も有り得なかったと思います。

当時、私は桜狩短歌会に属しておりましたが、その出会いの後から、自作品の上に新しい風を採り入れたいという、憧れに似た気持ちを強く抱くようになりました。

時経て名古屋に移住したことが契機となり、未来短歌会の加藤治郎氏に師事いたしました。長いあいだ胸に温めていた夢が、かなった一瞬でもありました。

未来短歌会の彗星集における現代短歌の学びは、自在で面白く何よりも刺激的でした。

加藤治郎氏の言葉の中に「新しさに限界はなく青天井であっていい」がありますが、この言葉に私はどれほど勇気づけられ、発奮したことだろうか。若き日、名古屋で学んでいた一行詩の制約もなにもない言葉の学びが、また再来したように思い、彗星集の大勢の若い仲間達と共に切磋琢磨し、学ぶことが何よりも楽しかったのです。

そんな日々のなか、私は右声紋癌と宣告され手術。結果として声を失いました。

告知、入院、手術と続く苦しい病の日々の中で、悲嘆することもなく毅然と身を処していられた理由は、このまま生涯声の機能を失ってしまおうとも、短歌が私の声となり言葉となるのだとする信念があったからです。

短歌というこの小さな詩形が、どん底にいた私を救い支えてくれたのです。

感謝しかありません。

歌集出版にあたり監修の加藤治郎氏には、辛抱強くお導きくださり、また、身にあまる解説文を賜りました。深く謝意を表します。

岡井隆先生をはじめ未来短歌会の皆様、彗星集の皆様、J歌会名古屋、オアシス歌話会、名古屋未来、海彼歌会名古屋のすべての皆様に厚く御礼申し上げます。

また、やさしく見守ってくださる星雲短歌会主宰の林田恒浩様、元桜狩短歌会主宰の光栄堯夫様、星雲短歌会の皆々様に厚く御礼申し上げます。

声を失ってから毎月発信し学んでいる、「紙上歌会」の同志の皆々様には、心より感謝を申し上げます。

出版に際しまして、書肆侃侃房社主の田島安江様、黒木留実様をはじめスタッフの皆々様には丁寧なご配慮をいただき、細部にわたって御助言いただきました。厚く御礼申し上げます。また、一集の作品世界を見事に表現してくださいました装画の、いわがみ綾子様に深く感謝いたします。

歌集にお力添えくださいましたすべての皆様と、この歌集を開いてくださいました皆様に、厚く御礼申し上げます。

令和二年五月吉日

岡田衣代

■著者略歴

岡田衣代（おかだ・きぬよ）

1940年浜松市生まれ、名古屋市在住。
自由律俳句「層雲」、一行詩「視界」、桜狩短歌会を経て、
現在、未来短歌会に所属。
星雲短歌会維持同人・編集委員。
日本歌人クラブ会員。
詩集『一行の風』
歌集『傾ける街』『終章の夏』『秋の言の葉』

ユニヴェール14

パールグレイの瞑想

二〇二〇年七月五日　第一刷発行

著　者　岡田衣代
発行者　田島安江
発行所　株式会社　書肆侃侃房（しょしかんかんぼう）
〒八一〇‐〇〇四一
福岡市中央区大名二‐八‐十八‐五〇一
TEL：〇九二‐七三五‐二八〇二
FAX：〇九二‐七三五‐二七九二
http://www.kankanbou.com info@kankanbou.com

監　修　加藤治郎
装　幀　成原亜美（書肆侃侃房）
ＤＴＰ　黒木留実（ＢＥＩＮＧ）
印刷・製本　株式会社インテックス福岡

ISBN978-4-86385-400-0　C0092